我會說故事

驕傲的兔子

新雅文化事業有限公司
www.sunya.com.hk

我會說故事
驕傲的兔子

插　　畫：美心
責任編輯：甄艷慈
美術設計：李成宇
出　　版：新雅文化事業有限公司
　　　　　香港英皇道499號北角工業大廈18樓
　　　　　電話：（852）2138 7998
　　　　　傳真：（852）2597 4003
　　　　　網址：http://www.sunya.com.hk
　　　　　電郵：marketing@sunya.com.hk
發　　行：香港聯合書刊物流有限公司
　　　　　香港荃灣德士古道220-248號荃灣工業中心16樓
　　　　　電話：（852）2150 2100　　傳真：（852）2407 3062
　　　　　電郵：info@suplogistics.com.hk
印　　刷：中華商務彩色印刷有限公司
　　　　　香港新界大埔汀麗路36號
版　　次：二〇一四年七月初版
　　　　　二〇二三年一月第九次印刷

版權所有‧不准翻印

ISBN 978-962-08-6153-6
© 2014 Sun Ya Publications (HK) Ltd.
18/F, North Point Industrial Building, 499 King's Road, Hong Kong
Published in Hong Kong SAR, China
Printed in China

給家長和老師的話

　　對於學齡前的孩子來說，聽故事、說故事和讀故事，都是他們樂此不疲的有趣事情，也是他們成長過程中一個非常重要的經驗。在媽媽、老師那溫馨親切的笑語裏，孩子一邊看圖畫，一邊聽故事，他已初步嘗到了「讀書」的樂趣。接着，再在媽媽、老師的教導下，自己學會說故事、讀故事，那更是給了孩子巨大的成功感。

　　本叢書精選家喻戶曉的著名童話，配上富有童趣的彩色插畫，讓孩子看圖畫，說故事，訓練孩子說故事、讀故事的能力。同時也訓練孩子學習語文的能力——每一個跨頁選取四個生字，並配上詞語，加強孩子對這些字詞的認識。詞語由故事內的詞彙擴展到故事外，大大豐富了孩子的詞彙量。故事後附的「字詞表」及「字詞遊樂園」，既讓孩子重溫故事內的字詞及學習新字詞，也增加了閱讀的趣味性。

　　說故事是一種啟發性的思維訓練，家長和老師們除了按故事內的文字給孩子說故事之外，還可以啟發孩子細看圖畫，用自己的語言來說一個自己「創作」的故事，這對提升孩子的語言表達能力和想像力會有莫大裨益。

　　願這套文字簡明淺白，圖畫富童趣的小叢書，陪伴孩子度過一個個愉快的親子共讀夜或愉快的校園閱讀樂時光，也願這套小叢書為孩子插上想像的翅膀！

pǎo

跑

pǎo bù
跑步

bēn pǎo
奔跑

cháng

常

cháng cháng
常常

cháng shí
常識

tù zi pǎo de kuài wū guī pá de màn
兔子跑得快，烏龜爬得慢。

yīn cǐ tù zi cháng cháng jī xiào wū guī
因此，兔子常常譏笑烏龜：

zǒu
走

zǒu lù
走路

zǒu sī
走私

màn
慢

kuài màn
快慢

màn chē
慢車

wū guī dà gē nǐ zǒu lù zǒu de tài màn
「烏龜大哥，你走路走得太慢

le
了。」

5

tiān
天

yì tiān
一天

tiān kōng
天空

shuō
說

shuō fǎ
說法

shuō huà
說話

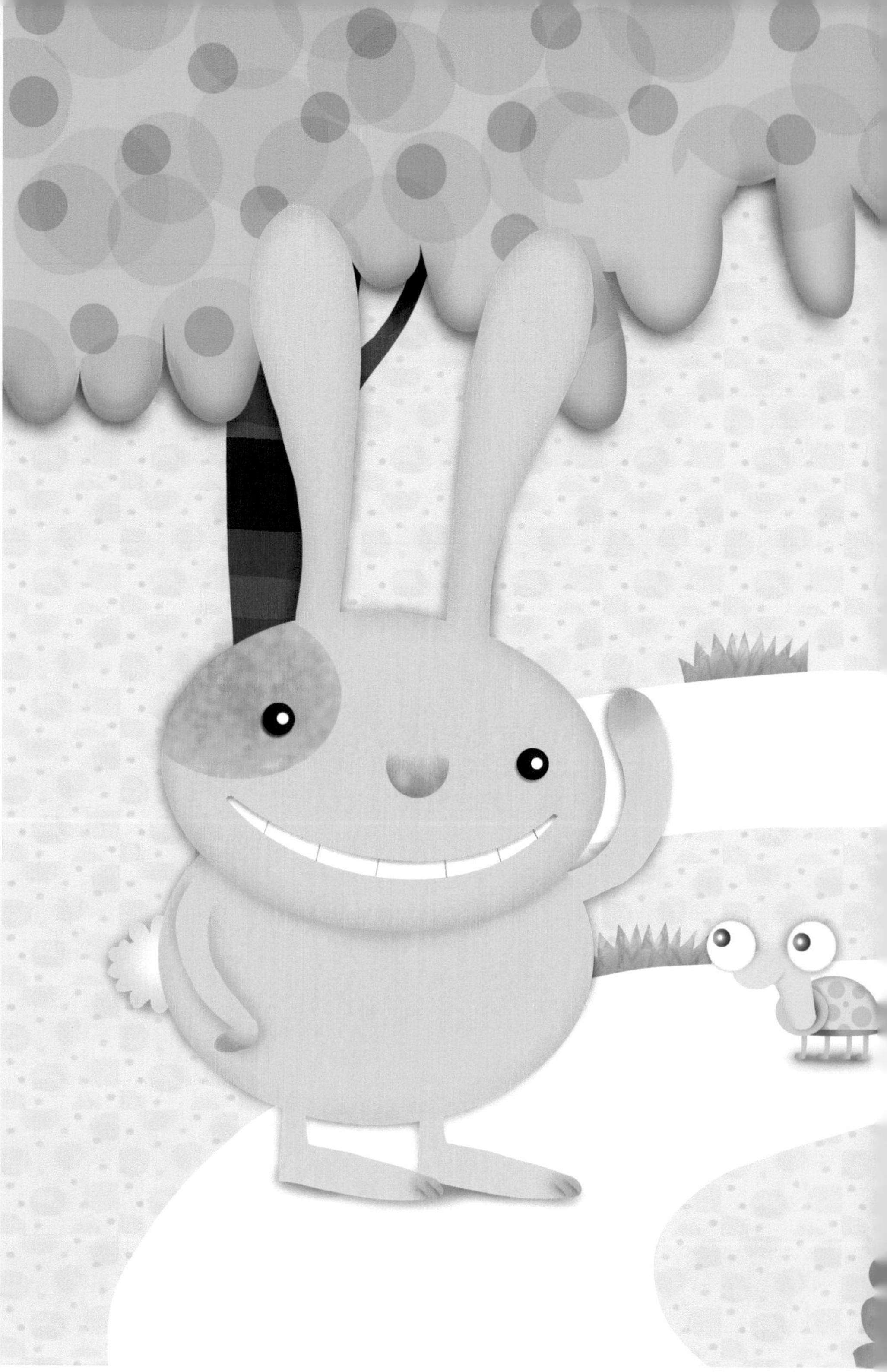

yǒu yì tiān tù zi yào hé wū guī bǐ
有一天，兔子要和烏龜比

sài tù zi shuō wū guī dà gē wǒ men
賽。兔子說：「烏龜大哥，我們

xià
下

yí xià
一下

xià cì
下次

zhōng
終

zhōng diǎn
終點

zhōng yú
終於

bǐ sài yí xià ba
比賽一下吧，

kàn shéi néng zuì kuài dào dá zhōng
看誰能最快到達終

diǎn
點。」

kāi
開

kāi shǐ
開始

kāi mén
開門

huì
會

kāi huì
開會

huì miàn
會面

bǐ sài kāi shǐ le　　　　tù zi yí huìr　　jiù
比賽開始了，兔子一會兒就

pǎo de hěn yuǎn hěn yuǎn le　　dàn shì wū guī hái zài
跑得很遠很遠了，但是烏龜還在

8

miàn

面

miàn mù

面目

miàn shì

面試

pá

爬

pá xíng

爬行

pá shān

爬山

hòu mian màn màn de pá zhe pá zhe
後面慢慢地爬着爬着。

tóu

頭

huí tóu
回 頭

tóu nǎo
頭 腦

yǐng

影

yǐng zi
影 子

bèi yǐng
背 影

tù zi pǎo le yí huìr　　　huí tóu zhāng
兔子跑了一會兒，回頭 張

wàng　　lián wū guī de yǐng zi yě kàn bu dào
望，連烏龜的影子也看不到。

10

xiǎng
想

xīn xiǎng
心 想

xiǎng niàn
想 念

shuì
睡

shuì jiào
睡 覺

shuì mián
睡 眠

tā xīn xiǎng　　wū guī dà gē zhè yàng màn
他心想：烏龜大哥這樣慢，

wǒ shuì yí huìr　　hái huì bǐ tā kuài de
我睡一會兒還會比他快的。

lù
路

lù páng
路旁

mǎ lù
馬路

bù
步

bù xíng
步行

jìn bù
進步

yú shì   tù zi jiù zài lù páng shuì qǐ jiào
於是，兔子就在路旁睡起覺

lái le   wū guī yí bù yí bù xiàng qián pá   lái
來了。烏龜一步一步向前爬，來

12

dì
地

dì fang
地方

tǔ dì
土地

tíng
停

tíng dùn
停頓

tíng zhǐ
停止

dào tù zi shuì jiào de dì fang　　tā méi yǒu tíng xià
到兔子睡覺的地方，他沒有停下

lai　　jì xù xiàng qián pá
來，繼續向前爬。

xǐng
醒

xǐng lái
醒來

xǐng wù
醒悟

zhōu
周

sì zhōu
四周

zhōu mò
周末

tù zi zhōng yú xǐng lái le　tā xiàng sì zhōu
兔子終於醒來了，他向四周

kàn le kàn　　réng rán kàn bu dào wū guī　　tā xiào
看了看，仍然看不到烏龜，他笑

kěn
肯

kěn dìng
肯定

zhòng kěn
中肯

hòu
後

hòu mian
後面

qián hòu
前後

le hā hā wū guī dà gē kěn dìng hái zài
了：「哈哈，烏龜大哥肯定還在

hòu tou ne
後頭呢！」

qián
前

xiàng qián
向 前

qián jìn
前 進

dìng
定

yí dìng
一 定

jué dìng
決 定

tù zi yòu xiàng qián pǎo le tā xīn xiǎng
兔子又向前跑了，他心想：

wǒ yí dìng shì zuì zǎo dào dá zhōng diǎn de
我一定是最早到達終點的。

shì
是

kě　shì
可　是

shì　fǒu
是　否

děng
等

děng hòu
等　候

děng dài
等　待

kě　shì dāng tā　pǎo dào zhōng diǎn shí　　wū guī
可 是 當 他 跑 到 終 點 時，烏 龜

yǐ　jīng zài　nàr　　děng hòu zhe tā　le
已 經 在 那 兒 等 候 着 他 了。

17

cì
次

yí cì
一次

cì xù
次序

xiào
笑

huān xiào
歡笑

xiào hua
笑話

zhè yí cì bǐ sài　　wū guī yíng le　　wū
這一次比賽，烏龜贏了。烏
guī xiào zhe shuō　　　　tù zi dì di　　xiǎng bu dào
龜笑着說：「兔子弟弟，想不到

bǐ
比

bǐ sài
比賽

bǐ jiào
比較

liǎn
臉

liǎn hóng
臉紅

xiào liǎn
笑臉

wǒ huì bǐ nǐ xiān dào dá zhōng diǎn ba　　　　　　tù zi
我會比你先到達終點吧？」兔子

xiū hóng le liǎn
羞紅了臉。

字詞表

頁碼	字	詞語	
4-5	pǎo 跑	pǎo bù 跑步	bēn pǎo 奔跑
	cháng 常	cháng cháng 常常	cháng shí 常識
	zǒu 走	zǒu lù 走路	zǒu sī 走私
	màn 慢	kuài màn 快慢	màn chē 慢車
6-7	tiān 天	yì tiān 一天	tiān kōng 天空
	shuō 說	shuō fǎ 說法	shuō huà 說話
	xià 下	yí xià 一下	xià cì 下次
	zhōng 終	zhōng diǎn 終點	zhōng yú 終於
8-9	kāi 開	kāi shǐ 開始	kāi mén 開門
	huì 會	kāi huì 開會	huì miàn 會面
	miàn 面	miàn mù 面目	miàn shì 面試
	pá 爬	pá xíng 爬行	pá shān 爬山
10-11	tóu 頭	huí tóu 回頭	tóu nǎo 頭腦
	yǐng 影	yǐng zi 影子	bèi yǐng 背影
	xiǎng 想	xīn xiǎng 心想	xiǎng niàn 想念
	shuì 睡	shuì jiào 睡覺	shuì mián 睡眠

頁碼	字	詞語	
12-13	lù 路	lù páng 路旁	mǎ lù 馬路
	bù 步	bù xíng 步行	jìn bù 進步
	dì 地	dì fang 地方	tǔ dì 土地
	tíng 停	tíng dùn 停頓	tíng zhǐ 停止
14-15	xǐng 醒	xǐng lái 醒來	xǐng wù 醒悟
	zhōu 周	sì zhōu 四周	zhōu mò 周末
	kěn 肯	kěn dìng 肯定	zhòng kěn 中肯
	hòu 後	hòu mian 後面	qián hòu 前後
16-17	qián 前	xiàng qián 向前	qián jìn 前進
	dìng 定	yí dìng 一定	jué dìng 決定
	shì 是	kě shì 可是	shì fǒu 是否
	děng 等	děng hòu 等候	děng dài 等待
18-19	cì 次	yí cì 一次	cì xù 次序
	xiào 笑	huān xiào 歡笑	xiào hua 笑話
	bǐ 比	bǐ sài 比賽	bǐ jiào 比較
	liǎn 臉	liǎn hóng 臉紅	xiào liǎn 笑臉

字詞遊樂園

學學反義詞

小朋友，故事中說「兔子跑得快，烏龜爬得慢」，「快」和「慢」是一對反義詞。請你看看下面左邊的字可以和右邊哪個字組成反義詞呢？請仿照例子把它們連起來。

例子　快 —————— 慢（快慢）

1.上·　　　　　·a.小

2.前·　　　　　·b.少

3.大·　　　　　·c.下

4.高·　　　　　·d.後

5.長·　　　　　·e.近

6.遠·　　　　　·f.短

7.多·　　　　　·g.矮

答案：1.c.（上下）　2.d.（前後）　3.a.（大小）　4.g.（高矮）　5.f.（長短）　6.e.（遠近）　7.b.（多少）

也來比一比

小朋友，學會了反義詞，我們隨時隨地都可以比一比呢！請仿照下面的例句，把適當的字填在橫線上。

例子

兔子比烏龜跑得快，
烏龜比兔子跑得 慢 。

小　　矮　　短

1. 哥哥比弟弟高，

   弟弟比哥哥＿＿＿＿＿＿。

2. 西瓜比蘋果大，

   蘋果比西瓜＿＿＿＿＿＿。

3. 尺子比橡皮長，

   橡皮比尺子＿＿＿＿＿＿。

附《骄傲的兔子》简体字版

P.4-5
兔子跑得快，乌龟爬得慢。因此，兔子常常讥笑乌龟：「乌龟大哥，你走路走得太慢了。」

P.6-7
有一天，兔子要和乌龟比赛。兔子说：「乌龟大哥，我们比赛一下吧，看谁能最快到达终点。」

P.8-9
比赛开始了，兔子一会儿就跑得很远很远了，但是乌龟还在后面慢慢地爬着爬着。

P.10-11
兔子跑了一会儿，回头张望，连乌龟的影子也看不到。他心想：乌龟大哥这样慢，我睡一会儿还会比他快的。

P.12-13
于是，兔子就在路旁睡起觉来了。乌龟一步一步向前爬，来到兔子睡觉的地方，他没有停下来，继续向前爬。

P.14-15
兔子终于醒来了，他向四周看了看，仍然看不到乌龟。他笑了：「哈哈，乌龟大哥肯定还在后头呢！」

P.16-17
兔子又向前跑了，他心想：我一定是最早到达终点的。可是当他跑到终点时，乌龟已经在那儿等候着他了。

P.18-19
这一次比赛，乌龟赢了。乌龟笑着说：「兔子弟弟，想不到我会比你先到达终点吧？」兔子羞红了脸。